KB269083
KB269083

호박잎 반찬

호박잎 반찬

미래시선 142

# 호박잎 반찬


· 지은이 | 이충웅
· 펴낸이 | 임종대
· 펴낸곳 | 미래문화사

· 찍은 날 | 2007년 5월 16일
· 펴낸 날 | 2007년 5월 21일

· 등록 번호 | 제3-44호
· 등록 일자 | 1976년 10월 19일
· 주소 | 서울시 용산구 효창동 5-421
· 전화 | 715-4507 / 713-6647
· 팩시밀리 | 713-4805
· E-mail | miraebooks@korea.com
           mirae715@hanmail.net

ⓒ 2007, 미래문화사
· ISBN | 89-7299-340-9  03810

* 잘못 만들어진 책은 본사나 서점에서 바꾸어 드립니다.
* 저자와의 협의하에 인지는 생략합니다.

# 호박잎 반찬

이충웅 제 4시집

미래시선 142

**미래문화사**

# 책 머리에

칠순이네.

친구들은 삼 년을 더 살아야 한국 남자 평균 나이에 이른다지만 70이란 햇수는 짧지 않은 세월이었습니다. 일제시대에 태어나 일본문화에 접했고 8·15해방 6·25사변 4·19의거 5·16혁명 12·12사건 민주화 항쟁 등 한국의 현대사를 온몸으로 체험하면서 때로는 좌절하고 때로는 기뻐하고 때로는 감격하였습니다.

이책은 필자의 3시집 이후 9년만에 펴내는 제4시집입니다. 이 9년 사이에 내겐 큰 변화가 생겼는데 2000년 8월, 34년간 봉직해온 교직에서 정년을 마치고 자연인으로 돌아왔으며 외손녀를 보았으니 할아버지도 되었지요. 여기에 수록된 60여 편의 작품들은 대부분 정년 이후의 느낌들을 형상화한 것입니다.

　돌이켜보면 젊은 날 마음의 갈등을 극복하고 교직에 봉사하며 한편으로 졸작을 쓰면서 황혼에 다다라 '고희 기념 시집'을 출간할 수 있음은 우주를 섭리하시는 분의 큰 축복이라 생각합니다.

　세상 일에 얽매어 원고지와 멀어져 있을 때 옆에서 격려해 주신 문우 동료 친지들에게 감사를 드리며 미래문화사 임종대 사장님께도 고마운 뜻을 전합니다.

2007. 4

이충웅

# 차례

# 2 · 아름다운 사람

# 4 · 입소문

# 아! 고구려 · 5

흐르는 것이 어찌
강물뿐이겠는가

기쁨도 흐르고
슬픔도 흐르고

출렁이는 물살에
야윈 달빛도
흐르지


# 흐르는 것은

# 흐르는 것은

어찌 흐르는 것이
강물뿐이랴

저무는 가을 강에
발을 담그면

발가락 사이로
스멀스멀
연륜이 흘러간다

눈 깜짝하는 사이에
초록의 계절은 단풍의 계절이 되고
소년인가 싶더니 노년이 되고

흐르는 것이 어찌
강물뿐이겠는가

기쁨도 흐르고
슬픔도 흐르고

출렁이는 물살에
야윈 달빛도
흐르지

# 새벽 바람

새벽 바람이
산봉우리들을 휘돌으니
잠자던 산짐승들이 눈을 비비고

새벽 바람이
강물 위를 스치니
물고기들이 기지개를 켜네

새벽 바람이
마을을 지나니

갓난쟁이 울음소리와
밥짓는 연기가
실려오는구나

# 호박잎 반찬

15

어머님
비가 오락가락
장마가 한 20일 계속되니까
마음까지 눅눅하여 영 밥맛이 없네요

아내가 저녁 밥상에
별찬으로 호박잎 반찬을 하여
오랫만에 밥 한 그릇을
다 비우고는 문득
어머님 생각을 하였답니다

1950년대 6 · 25 사변 후
너나 없이 살림살이가
궁핍하던 시절

여름철이면 어머님은 곧잘
토담 담장을 타고 무성하게
뻗어가는 호박잎을 뚝뚝 따서
꽁보리밥이 뜸이 들 즈음
밥솥에 넣어 쪄 가지고는
된장을 싸서 먹게 하였지요

우리 여러 남매는
둥그런 밥상에 둘러 앉아
별 반찬이 없어도
호박잎에 된장을 싸서
혹은 고추장을 싸서
꽁보리밥 한 그릇씩을
뚝딱 해치웠지요

어머님
국민소득이 일백 달러도 안 되던 시절
일상으로 먹던 호박잎 반찬을
국민소득이 일만 달러가 된 지금
호박잎 반찬을 별찬으로 먹으니
우리 육 남매 기르시느라
고생만 하신 어머님 생각에
갑자기 목이 메입니다

2004. 7

# 포도주 한 잔

이런 그대라면
이밤 포도주 한 잔을
나누고 싶습니다

바람 소리며
시냇물 소리를
음악적 선율보다
더 아름답게 느끼는
그런 그대라면……

소중히 간직해온
내 유년 시절의 이야기에
진지한 자세로 귀 기울여주는
그런 그대라면……

가끔은
장미꽃의 주연보다
안개꽃의 조연이
더 아름답다고 느끼는
그런 그대라면……

삶의 무게가 우리의

두 어깨를 짓누를 때
나직한 목소리로 다가와
격려하고 보듬어주는
그런 그대라면……

이밤 행복한 만남으로
한 잔의 포도주를
건배하고 싶습니다

# 유리조각 줍기

누구였을까
아이들 뛰노는 쌈지 놀이터
모래밭에 유리조각을
반 됫박쯤 버리고 도망친 사람은

한 보름쯤 전이었을까
아침체조를 하러 나오니
아파트 한켠 쌈지공원 모래밭에
유리조각이 소복히 뿌려져 있어
관리사무소에 신고하고 다음날 가보니
처삼촌 산소 벌초하듯 빗자루로
대충 쓸어놓았다

유리조각을 비로 쓸어서 될 일인가
이건 아니다 싶어
유리조각을 줍기로 했다

말끔히 주웠는가 싶은데도
다음날 나와보면 유리조각 몇 알이
아침햇살에 보석처럼 빛나고
비 온 다음날은 더 많이
눈에 띄고……

벌써 보름째, 오늘도
아침체조를 하고 나서
유리조각 몇 개를
또 줍는다

# 쌈지놀이터 아침 풍경

산곡동 경남아파트 한 모서리
쌈지 어린이놀이터

오후는 왁자지껄 학교 파한
아이들이 차지하지만

한가한 아침은 부지런한
참새·까치·고양이들의 놀이터다

참새와 까치란놈들
가족이 총출동했는지
떼로 몰려와 좁은 쌈지놀이터를
가득 메우고는 평소
눈여겨보아두었던 대로
아이들의 노는 모습을
그대로 흉내낸다

모래를 뒤적여
모래성도 쌓아보고
시소도 타보고 그네도 타고
짹— 짹— 까악— 까악—
아이들처럼

목청도 돋구어보고
아이들이 먹다버린
과자도 쪼아본다

주변 담장 위에서
구경만 하던 고양이

너희들만 놀기냐
나도 한몫 끼워달라고
날렵하게 달려와서는
철봉대와 미끄럼틀을
동에 번쩍 서에 번쩍
날아다니며 신바람을 낸다

# 연鳶싸움

칠순의 노시인, 고향을 찾아
빈 들판에서 연을 날린다

추억을 주렁주렁 매단 연이
공중제비 묘기를 부린다

음력 정월이면 마을
소년들은 연을 만들어
하늘 높이 띄우고는
연싸움을 즐겼다

연싸움에 져서 자신의 연이
허망하게 날아갈 때면
소년은 발을 동동, 울먹울먹
분을 참지 못했다

이튿날 소년은 손을 베어가며
사금파리를 곱게 찧어 풀을 섞어
실에 먹여 그여이 되갚아주기를
어디 한두 번 했던가

그때는 왜 그리

이기려고만 했던지?
오늘은 져주리라

아무도 그에게 연싸움을
걸어오지 않자 노시인은
스스로 연줄을 끊어버렸다

가물가물 자신의 연이
산등성이를 넘는데도
그의 마음은
호수처럼 평온했다

# 사투리 예찬

우리 나라 사람의
얼굴이 다 똑같다면
얼마나 개성이 없겠어요

우리 나라 사람이
하나같이 표준어만 사용한다면
얼마나 재미가 없겠어요

안녕하싱교 (경상도)
아녕하시지라우 (전라도)
안녕하신지요 (강원도)
안녕하십니껴 (경기도)
안녕하시꽈 (제주도)
안녕하시유우 (충청도)

인삿말 한마디도
얼마나 다양하고
토속적인가

별로 넓지 않은
우리 국토인데
지역마다 특색 있는

방언을 가지고 있다는 것은

우리 겨레의 축복 받은
언어 자산資産이며
큰 보배이지요

# 빗소리

창문을 열면 화단
화단 감나무 잎에
온종일 비가 내린다

태풍이 온다고
바람도 분다

푸른 감잎에 떨어지는
빗방울 소리는 바람의
방향과 속도에 따라

높게 낮게 혹은
빠르게 느리게
청아한 리듬을 탄다

이전에 들어본
어떤 음악보다도
감동적인 선율로

# 허수아비

낟알이 여물어가는 계절
낮엔 따가운 햇살 안고
밤엔 찬 이슬 맞으며
홀로 들녘을 지키는
외로운 사람 하나 있다.

옷차림도 허술하고
초췌한 모습으로
양팔 벌려 자신을 학대하며
무념의 경지에 몰입해 있다.

서리 내려 마지막
알곡 거둘 때까지
온갖 시련을 참선으로 견디며
풍년 들기만을 고대하는 그는
그래서 성자인가

# 어린아이들의 기氣

음식점 탁자 사이를 아이들이
제집 안방처럼 뛰어 다닙니다.

지하철 안에서도 아이들이
왁자지껄 뛰어 다닙니다.

병원 대기실에서도 아이들이
깔깔대며 숨바꼭질을 합니다.

주위 어른들이 버릇없다고 말리면
젊은 엄마들, 아이들의 기氣를 왜
꺾느냐며 내버려 두라고 역성입니다.

이 나라 어린아이들의 기는
못된 송아지 엉덩이에 난
뿔처럼 점점 자라서
이젠 성당 미사 중에도
새앙쥐처럼 의자 사이를
누비며 돌아 다닙니다.

# 무인도

한여름날 피서객들 북적대다 떠나고 나면
이듬해 여름 피서객들 다시 올 때까지
무인도는 365일 늘 고독하고 외롭답니다

해당화 향수로 꽃단장한 봄날
가을 햇살 양지녘에 부서지는 오후
함박눈이 바다에 첨벙이는 겨울

무인도는 외로움 삭이며 긴 목
육지로 향합니다

어디 사람 없는 계절뿐인가요
피서객들 북적대는 여름철에도
사람 그리운 정은
파도로 일렁이고
바람 소리로
통곡하지요

# 신김장 풍속도

1950년대 시골 마을
김장은 어느 집에서나
겨울의 큰 양식이었다
오늘은 개똥이네 내일은 돌쇠네
이렇게 순번을 정해놓고 어머니들은
김장 품앗이를 하였다

김장 담그는 집 마당엔 잔치집처럼
마당 가마솥에 장작불이 활활 타오르고
흰수건을 두른 아낙들은 구수한
입담에 맨손이 아려오는 줄도 모르고
바쁜 일손들을 놀렸다

아이들이 대문 앞에서
얼쩡거리면 배추꽁댕이도 잘라주고
배추 속 버무린 것도 한입 넣어 주었는데
어찌나 매운지 눈물을 찔끔
흘리며 꿀꺽 삼키기도 했다

1960년대 후반 내가
결혼할 때만 해도 두 식구인데도
배추를 50포기쯤 담궈서

땅속에 묻어놓고 겨우내 먹었다

2003년 11월 하순
아파트 실내에서 담그는
우리집 김장은 배추 5포기
일손이라야 회갑을 앞둔
아내 혼자다

김치냉장고가 나온 다음부터는
김칫독을 땅에 묻지도 않는다
김치 품앗이로 왁자지껄하던
아낙들의 수다도 없고
배추꼬랑지를 먹으려는
동네 아이들도 없다

기우棋友 ㅂ은 배추 5포기도
김장이냐면서 바둑이나 두자고
연신 전화벨을 울려대지만
그래도 김장인데 아내 혼자
두고 나갈 수야 없지 않은가

김장 도우미를 자청한 나

총각무우도 사다주고
배추 속 버무리는데
찧은 마늘도 넣어주고
찧은 생강도 넣어주고

다 끝난 다음엔
주방 바닥을 쓸고 닦고
마무리 청소도
거들어준다

2003. 11

# 빨간 날을 피한다


현직에 있을 때
달력에 빨간 글씨로 표시된
일요일이나 공휴일을 얼마나
마음 속으로 기다렸던가

정년을 마치고 나니
하룻밤 사이에 달력의 수많은
까만 날들이 카멜레온처럼
온통 빨간 날들로 변해버렸다

정년을 마친 사람들
모임을 가질 때면
현직에 있는 사람들을 생각해서
되도록 빨간 날을 피하고
시간도 저녁시간보다는
낮시간을 택한다

# 2

# 아름다운 사람

# 인간 이순신

몰락한 역적의 가문에서 태어나
가난하여 외갓집에서 자란 소년

머리도 총명하지 않아 낙방 끝에
32세에 겨우 무과에 급제한 청년

14년 동안 변방 오지의
수비 장교로 근무한 장년 시절

불의한 직속 상관들과의 불화로
파면과 복직을 되풀이한 불운아

평생 고질적인 위장병을 달고 다니며
난리가 나고서야 47세에 제독이 된 인물

부족한 군자금을 조달하려고 스스로
논 밭 염전을 개간하면서도 23전
23승의 전공을 올린 통제사 이순신

전사한 아들의 시신을 안고
부하들 앞에서 마음 놓고
울어보지도 못한 아버지 이순신

임금의 오해와 조정의 모함으로
모든 공을 뺏기고
옥살이를 감수하신 분

다시 돌아온 전쟁터에서
12척의 낡은 배로 133척의
왜선을 격파한 전술가 이순신

적이 도망치는 마지막 전쟁터에서
스스로 죽음을 택한
인간 이순신

아 !
님이 있어
이 나라는 영원하고

님이 있어
후손들은
자랑스럽습니다

# 거스 히딩크 감독

거스 히딩크 감독
월드컵 대회에 출전하여
16강에만 들었으면 소원하던
한국 축구를 2002년 한·일 공동 개최
월드컵대회에서 일약 4강까지
올려놓은 전설적인 네델란드인
한국 축구대표팀 감독

그는 부임하면서
한국 축구의 고질적 병폐였던
학연·지연·서열·청탁 등을
과감히 파괴하고 오직 실력
위주로 선수를 선발하고

체력 강화 프로그램, 비디오
분석 등을 통한 과학적이고
체계적인 선수 훈련

감독으로서
때로는 강력한 카리스마를, 때로는
다정한 친구가 되어주기도 하고

소망하던 16강
광화문에 100만 인파를 운집케 한 8강
꿈인가 생시인가, 4700만이 붉은 악마 T셔츠를
입고 덩실덩실 춤추던 4강까지

2002년 6월
월드컵대회가 끝난 후
대한축구협회에서
계약 연장을 제의했지만
'이제 내 임무는 끝났다.' 며
훌쩍 한국을 떠나는 사람

거스 히딩크 감독
잘 가시오
아름다운 사람아

그대 있음에 2002년 6월의
함성은 하늘을 찔렀고
우리도 해낼 수 있다는
희망과 용기, 자신감을 온국민이
가슴 뜨겁게 느낄 수 있었다오

아름다운 사람
히딩크 감독

그대는 떠나가도
그대 이름은
우리 마음 속에
연인처럼 남아 있을 것이오

대~한~민~국
오~필승 코리아
오~오~레오레

2002. 9

# 구족화가口足畫家 오순이 교수

손 대신
발로 그림을 그리는
구족화가口足畫家 오순이 화백

세 살 때 사고로
두 팔을 잃고 좌절하다가
초등학교 4학년 때
담임교사의 권유로 발로
그림을 그리기 시작

처음엔 내가 그림을
잘 그릴 수 있을까
의심도 했지만
그림 그리기에 재미를 붙여
그림 그리기에 온정열을 쏟았다

단국대 동양화과 수석 졸업
대만 유학 2년, 그 후
중국 항저우杭洲의 권위 있는
중국 미술학원에서 수묵화를 전공

11년 간의 피나는 노력 끝에

2004. 10. 14일 드디어 박사 학위를
취득하고 모교인 단국대 동양화과
교수로 금의환향錦衣還鄕

구족화가 오순이 화백
구족화가 오순이 교수

그대는 장애우들의 귀감이며
그대는 인간 승리의 표본입니다

　　2004.10

# 호스피스 하노라 수녀님

춘천 노인요양원
아일랜드 출신
하노라 와이즈만 수녀님

호스피스인 그녀는
말기 암환자나
독거 노인들이 정신적으로
평온한 죽음을 맞이하도록
도와주고 임종까지의 자투리 시간을
뜻깊게 쓰도록 조언하는 일이다

1989년부터 한 달 평균
10여 명씩 2300여 환자들의
이승에서의 마지막 순간을
보듬어준 수호천사

1973년에 선교차 한국에 와서
목포 성골롬반병원에서 간호과장으로
봉사하다가 한국에서 가장 절실한 것은
호스피스라고 생각하여
1984년~1988년까지
4년간 아일랜드로 가서

호스피스 공부를 다시 하고
두 번째 한국에 온 사람

“수녀님의 소원은?”
“전문 호스피스 센터를 세워
고통 속에서 쓸쓸히
죽음을 맞이하는
더 많은 환자들의
벗이 되고 싶어요”

# 효녀 가수 현숙

평소 효행이 지극하기로
소문난 가수 현숙 씨

이번 어버이날을 맞이하여
15인승 승합차를 이동식
목욕 차량으로 개조하여
고향인 김제시
길보사회복지관에 기증하고
치매 노인 목욕 봉사를 했다고

긴 병에 효자 없다는데
아버님 병 수발 5년(작고)
어머님 병 수발 24년째
그뿐인가 틈 나는대로
지체장애 노인 목욕 봉사에 이어
이번엔 거금을 들여
이동식 목욕차량 기증까지

아름다운 사람 현숙 씨
현대판 심청이 현숙 씨

그대의 효심 넘치는
선행에 박수를 보냅니다

    2004. 5

# 아름다운 가게

인천 산곡4동 산곡교회 옆에
'아름다운 가게' 가 있다

집에서 쓰던 물건 중 아직
깨끗한 것을 무료로 기증하면
이 가게는 그 물건을 아주 저렴한
가격으로 팔아 그 수익금을
불우이웃 기금으로 활용하는

모처럼 좋은 취지에 동참하겠다고
내가 구두 한 켤레를 내놓자
아내는 옷 몇 점을 딸은 기타를
아들은 책을 기증했다

봉사자들과 이런 저런 대화를
나누고 '아름다운 가게' 문을
나서니 가슴은 뿌듯한데
웬지 쑥스럽다

기증하는 사람들 마음도 곱고
물건 사가는 사람들 마음도 곱고
수익금을 보람 있는 일에 쓰는
봉사자들의 마음도 고와 그래서
'아름다운 가게' 인가

# 느림의 미학

속도의 경쟁에 내몰린 현대인들
더 빨리 배우고
더 빨리 행동하고
더 빨리 목표를
달성하려고 안달한다

빨리 달려갈수록
삶은 각박해지고
일상은 메말라가니

급할수록 돌아가라고 했던가
하루쯤 핸드폰 집에다 두고
산책도 즐기고 명상에도 잠기고
남의 말을 경청하고 격조했던
벗들과 와인도 한잔 나누고
너그럽게 베풀기도 하는

느림의 미학에
젖어봄은 어떠하실지

# 가슴속 대못 하나

공사장 귀퉁이
버려진 각목에
녹슨 대못 하나
깊숙이 박혀 있다

자식이 부모 앞서
세상을 뜨면
부모 가슴에
대못을 박는다고
했던가

딱히 그런
경우가 아니라도
이런 저런 사연
켜켜이 쌓여

친구 간에도
친척 간에도
털어놓지 못할

응어리져 녹슨 대못
가슴에 박고 사는 사람들
더러 있을 거야

# ③번 아들아, ⑥번 애비 간다
―시중에 떠도는 이야기―

아들 내외는 도시에 살고 할아버지 내외는 농촌에 사는 한 가정이 있었지요. 그러던 중 할머니가 세상을 뜨자 아들이 효도를 한답시고 할아버지를 도시로 모시고 와서 함께 살게 되었습니다.

환경이 바뀐 할아버지, 불편한 점이 한두 가지가 아닌데 그 중 제일 힘든 것은 맞벌이하는 며느리 눈치보는 것이었습니다. 며느리를 비롯한 이집 식구들, 손자며 파출부며 애완견이며 하나같이 겉으로는 할아버지를 대접하는 것 같지만 속으로는 귀찮게 여기며 하루 속히 시골로 내려가 주기를 은근히 바라고 있다는 것을 할아버지가 왜 모르겠습니까.

어느날, 아들 내외가 말다툼을 하고 출근을 하자 할아버지는 이집에서 자기가 차지하고 있는 서열을 냉정하게 매겨 보았지요.

①번은 단연 며느리

②번은 유치원에 다니는 손자

③번은 이 집안의 가장인 아들

④번은 애완견

⑤번은 파출부

⑥번이 안타깝게도 할아버지 자신이었습니다.

서열로 꼴찌가 된 할아버지, 가장 존경을 받아도 시원찮은
데 애완견이나 파출부보다도 대접을 못받다니…… 울화도
치밀고 한심하기도 하여 드디어 시골행을 결심하고 아들에
게 작별 전화를 걸었지요. 여차여차하여  시골로 내려간다는
것을 설명한 후 마지막으로 하는 말
　"얘, ③번 아들아, ⑥번 애비 간다. 잘 있어라."

　　※노인들에게 회자되는 이야기를 각색한  것임

# 겨울의 작별 인사

우수雨水 경칩驚蟄 다 지나고
3월 초순인데 강원도엔 눈이 20센치나
내리고 인천엔 연이틀째
비에 눈이 섞여 조용히 내린다.

사람들은 그래도 곧 봄이 온다고
남녘엔 벌써 매화꽃이 피었다고
호들갑을 떨면서도 이제 정말
계절은 겨울의 끝자락이란 말은
하지를 않는다.

우리가 어디를 가서 사흘만 묵다가
와도 떠날 때는 섭섭한데
석 달을 우리 곁에서 뒹굴다 떠나는
겨울이 왜 서운하지 않겠는가

봄비에 섞여 눈을 뿌리는 것은
"나 이제 떠나요."
"나에게 관심 좀 가져주세요."
하는 겨울의 아쉬운 작별 인사이지요.

# 후덕한 사람

우리 모임에
산같이 후덕한 사람
한 분 있지요

평소엔 말수가 적고
남의 말을 많이 듣는 편이지만
회원들의 의견이 분분할 때는
조용조용히 자기의 주장을
논리 정연하게 전개하지요
평소 성실하고 언·행이 일치하는
그의 인격에 감동되어 회원들은
자연히 그의 말을 따르게 마련이지요

우리 모임에 호수같이 넉넉한
마음을 가진 후덕한 사람
한 분 있지요

회원들 가정의 경사慶事에 열심히
참석하여 그 가정의 기쁨을
두 배로 키워주고
회원들 가정의 애사哀事에는
더 열심히 참석하여 그 가정의

슬픔을 반으로 줄여주지요
그는 또한 예의가 발라
모임의 선배들을 예우하고
후배들을 아껴주어
우리 모임의 균형을 잡아주는
저울의 추 같은 역할을 하지요

어쩌다 그분이 못나오는 날이면
횅하니 그 자리가 너무 커서
모임에 끝까지 참석하고서도
귀가길엔 텅 빈 가슴만 안고
돌아오게 되는 산 같고
호수 같은 후덕한 분
한 사람 있지요

# 인터넷 바둑과 기우

인터넷 바둑을 두면
편리한 점이 퍽 많다

굳이 기원에 갈 필요도 없고
상대방에게 신경을 안써도 되고
계시원이 따로 없어도 컴퓨터가
대국자의 소비 시간과 남은
시간을 초단위까지 알려주고
마지막엔 집계산까지 하여
승·패를 명확히 판정해주고 자신이
둔 바둑을 저장·복기도 할 수 있으니
이 얼마나 편리한 세상인가

허지만 바둑을 다 두고
컴퓨터의 전원 버튼을 누르는 순간
부드러운 질감의 나무 바둑판으로
착각했던 모니터가 싸늘한
흑회색 유리판으로 변하자

문득
바둑판 맞은편에
정좌하고 앉아 있는
기우의 손길이 정겹고
기우의 체취가 그리워진다

# 기정유도棋正有道
—바둑 사랑 · 3

기력棋歷이 수십 년이 되고 바둑 급수가
상당한 기객棋客 중에도 바둑 두는 태도가
함량 미달인 사람이 의외로 많다.


- 한 판에 몇 번씩이나 무르는 사람
- 잡은 돌을 바둑알통 뚜껑에 얌전히 놓지 못하고 밥 먹을
  때 밥알 흘리듯 탁자 위에 질질 흘리는 사람
- 상대방이 장고長考하면 참지 못하고 바둑 두는 사람 어디
  갔냐고 빨리 두기를 재촉하는 사람
- 바둑알을 한줌 움켜쥐고 만지작거리다가 바닥에 떨어뜨리
  고도 줍지 않는 사람
- 바둑알을 바둑판에 너무 힘껏 쳐 바둑알이 바둑판 위를
  이리저리 날아다니게 하는 사람
- 바둑돌을 놓을 때 반상盤上 의 십자十字 눈금 정중앙에 놓
  지 않고 애매모호하게 놓는 사람
- 내기 바둑을 두어야 직성이 풀리는 사람
- 모르는 사람의 바둑을 관전하면서 잘난 체 훈수하는 사람
- 바둑에 지고 나서는 괜스레 화를 내며 바둑돌을 거칠게
  쓸어담는 사람
- 20여 집 이상 모자라는데도 '졌습니다' 라고 시원하게 종
  국을 선언하지 않고 행여 상대방이 실수를 저지르지나 않
  을까하는 요행을 바라면서 끝까지 대국을 진행하는 사람

기정유도棋正有道라

바둑이란 모름지기 바른 마음과 바른 태도로 두어야

도道의 경지에 이를 수 있다고 하지 않았던가

# 바둑은 인생의 축소판
—바둑 사랑 · 5

한 판의 바둑은 한 사람의
일생에 비유될 수 있으리라

바둑의 포석 단계는
청소년이 자신의 인생 진로를
설계하는 단계이고

바둑의 중반전은
30~50대 장년들이
정해진 자신의 인생 행로를 향해
치열한 삶을 불사르는 단계이며

바둑의 끝내기 단계는
인생의 황혼을 맞이한 노년이
최선을 다해 살아온 자신의 삶을
조용히 갈무리하는 단계이리라.

노오란
개나리와 악수하면
어린이들 마음도
노랗게 물들고

분홍색
진달래와 입맞추면
어린이들 마음도
분홍으로 물들어요

# 노란 마음 분홍 마음

# 산수유와 외손녀

3월 중순
아직 쌀쌀한 새벽

습관처럼 아파트
주위를 산책하는데

개나리, 목련, 벚꽃 등은 아직
춥다고 꽃눈도 안 틔웠는데
부지런한 산수유 노오란
미소를 머금었다.

"그대가 제일 부지런하구먼"
"벌써 봄인 걸요"
산수유와 살가운 눈인사를 나누고
발걸음을 옮기자 내일 또 만나자고
산수유 내게 살짝 윙크를 한다

아파트 문을 열고 집으로 들어서자
9개월 된 외손녀 수아가
외할아버지에게 덥석 안기며
이쁜짓을 한다며 한쪽 눈을
질끈 감고 내게 윙크를 한다

    2003. 3

# 모자 핸드폰 열쇠

할아버지가 외출할 때
할머니가 현관에서
모자 핸드폰 열쇠 등을
확인하는 걸
2년 8개월 된
외손녀 수아가 눈여겨 보더니만

다음부터는
할아버지가 외출할
기미만 보여도
지가 앞장서서

할아버지 '모자'
할아버지 '핸드폰'
할아버지 '열쇠'

목소리도 낭랑하게
필수품 세 가지를
확실하게 챙겨준다

2005. 2

# 선풍기와 에어컨

아내가 이번 여름은
십 년만에 찾아오는
유별난 여름이라니 우리도
에어컨을 하나 마련하자고 했다

나는 여태껏 에어컨 없이
견뎌 왔으니 금년에도
그냥저냥 넘어가자고 했다가

두 돌을 갓지난 재롱둥이 외손녀가
외갓집이 저희집보다 더우면
자주 들르지 않을 꺼라는 말에
마지 못해 동의했다

1971년 여름
시집 간 딸이 두 돌이 되던 해
등에 땀띠가 나는 등 하도 더워서
큰 맘 먹고 당시 내 교사 한 달치
봉급의 삼분의 일을 주고
선풍기를 장만했었고

2004년 여름

외손녀가 두 돌이
되는 올 여름
내 한 달치 연금의 반을
투자하여 에어컨을 설치한다

2004. 7

# 노란 마음 분홍 마음


햇살이
포근한 봄날
어린이집 꼬마들
꽃나들이 갑니다

노오란
개나리와 악수하면
어린이들 마음도
노랗게 물들고

분홍색
진달래와 입맞추면
어린이들 마음도
분홍으로 물들어요

# 외할아버지는 내 친구

외갓집에 가면
나는 외할아버지와
재미있게 놀지요

계산 게임도 하고
병원놀이도 하고
이마로 밀기도 하고
바둑알 색깔 맞히기도 하고
이거리 저거리 각거리도 하지요

# 진짜 할아버지



길을 지나 다닐 때나
지하철 안에서 가끔 날더러
'할아버지' 라고 부르는 사람이 있긴 했지만
아직 손자 손녀를 못보았으니
'할아버지' 란 호칭이 별로
실감이 나지 않았었는데

며칠 전 시집간 딸이
몸을 풀고 갓난애를 데려오니
집안에 아기 울음소리가 퍼진다.

동생이 경사스럽다고 우리집을 방문하여
"형님, 이제 진짜 할아버지가 되셨네요."
한다.
"그렇지, 이제 진짜 할아버지가 되었나봄세."

   2002. 7.

# 모란꽃 그대

모란꽃 벙그는 새벽은
연인을 기다리는
심정이어라.

퍼지는 햇살 안고
가슴 문 여는 그대는
꽃이 아닌
우주의 탄생

해 뜨면 옷고름 풀어
지밀한 속내 드러내고
해 지면 정숙한 여인 되어
가슴 문 빗장 굳게 잠근다.

세상사 다 감싸주는
자주빛 넓은 치마폭은
넉넉한 어머니의 품

그대
그윽한 향기
군자君子의 넋이여

# 농민은 국토의 정원사



농자천하지대본農者天下之大本
이라는 말이 퇴색된 지는
오래되었지만 그래도 농민은

봄 여름 가을 겨울 계절따라
들녘을 아름답게 가꾸어주는
국토의 정원사요

오염된 공기를 정화하고
장마철에 엄청난 양의 물을
저장해주니 이 땅의 환경 지킴이요

조상 대대로 이어오는 민속을
대물림하여 전해주니 민족의
전통 문화 계승자입니다

# 은행 심부름
—정년 이후·2

아내가 동창회 모임에 가면서 백마장농협에 가서 돈을 좀 찾아놓으라 했다. 학교에 재직할 때는 가정 통장은 아내가 맡았고 학교 통장은 행정실에서 관리했기 때문에 나는 은행에 갈 일이 별로 없었다. 오후 두 시, 백마장농협엔 30~40대 젊은 주부들이 마치 학부형 총회할 때처럼 대기석이 넘치도록 꽉 차 있었다. 두리번 두리번 예금청구서를 찾아서 금액이며 비밀번호를 공들여 적어 창구 여직원에게 건넸더니 번호표를 뽑으라 했다. '번호표?' 머쓱해서 물러나와 안내원에게 번호표 뽑는 법을 배운다. 젊은 주부들이 모두 번호표를 뽑고 자기 차례를 기다리고 있는 줄을 그제서야 깨닫는다. 418번, 내 번호표가 전광판에 나올 때까지 10여분간 나는 멋쩍게 서 있는데 젊은 주부들의 화장품 냄새에 취해 얼굴이 벌겋게 달아 오른다.

2000. 10

# 황혼 물들이기

동회에서 개설한
컴퓨터 교양강좌

초급반 6개월을 마치고
중급반 3개월을 또 수강하자
친구들은 남은 생애도 얼마 안 되고
별로 사용하지도 않을 것
뭐 그리 열심이냐고 핀잔이다.

평생 학습이라던가 하는
거창한 명분보다는
그저 소박하게

내 인생의 황혼을
풍요롭고 아름다운 색채로
물들이기 위해서이죠.

# 해돋이와 해넘이

해돋이가 아름답다고
사람들은 정동진으로 갑니다
태어난 아기를 축복한다고
백일상도 차려 주고
돌잔치도 베풉니다

해넘이가 장관이라고 서해로
달려가는 사람 별로 못보겠네요
늙은이들 한물갔다고
선거도 하지말라네요

세상에 태어나서
제 할 일 성심껏 다하고
노년을 맞이했다면
칭송 받아야 할 삶인데……

해돋이가 아름답다면
해넘이도 아름답지요

# 초등학교 시절

1945년 4월 1일 일제 식민지 시대

영동초등학교 1학년 입학, 그때는 초등학교도 시험을 치르고 들어갔는데 어린 마음에도 떨어지면 어쩌나 하는 걱정이 들었다. 시험문제는 '너의 이름을 일본말로 말해 보아라.' '너의 집 주소를 일본말로 말하여라.' 큰 돌멩이와 작은 돌멩이를 주고 '어느 것이 더 무거운가?' 등이었다. 꿈에 부풀어 입학식을 하니 하라다란 30대 중반의 일본 여자 선생님이 1학년 2반 담임을 맡았는데 친절하고 상냥한 분이었다. 전교생이 모여 운동장 조회를 설 때면 일본 군복에 전투모를 쓰고 허리에 긴 칼을 차고 콧수염을 기른 일본인 교장선생님이 훈화를 하였는데 교장선생님은 무서웠다.

2차대전 중이라 가끔 미국 비행기가 날아왔다. 지금도 영동읍 중앙에 서 있는 오포대에서 경계경보 사이렌이 울리면 담임선생님은 우리를 학교 담장 옆에 파놓은 방공호에 대피시켰고 공습경보 사이렌이 울리면 학생들을 집으로 돌려보냈는데 걸음아 날 살려라하고 있는 힘을 다해 집으로 달려가면 기다리고 있던 어머니가 내 손목을 잡고 동구 밖 숲속으로 가서 해제 사이렌이 울릴 때까지 숨을 죽이고 있었다.

그해 5월이 되자 일본의 무슨 중요한 국경일이라면서 학교에서 일본 찹쌀모찌 하나씩을 나누어 주었다. 온갖 물자가 귀한 시절, 우리는 일렬로 줄을 서서 하라다 선생님이 주시는 연분홍색의 큼지막한 찹쌀모찌 하나를 받았는데 군침은 넘어가지만 혼자 먹을 수가 없어서 집에 가지고 와서 어머니께 보이고 형제들과 조금씩 나누어 먹었다.

그해 여름방학 중에 8·15 광복을 맞이하였다. 9월 1일, 2학기가 되어 학교에 가보니 하라다 담임선생님도, 칼 차고 다니던 교장서생님도 보이지 않았다. 교직원의 절반 정도를 차지하던 일본인 교사들이 모두 일본으로 돌아간 것이다. 교사가 태부족이라 한 일 년쯤은 어여부영 보내고 2학년 2학기 때쯤 한글로 된 우리말 교과서를 처음 받았는데 이게 웬 일인가. 일본 교과서에 비해 종이가 거무스레하고 어느 페이지는 구멍이 숭숭 뚫어져 글자가 안 보이는 곳도 있었다. 소년은 크게 실망했다. 연필도 깎으면 잘 부러지고 글씨를 써도 흐릿하여 숙제를 할 때면 연필심을 연신 혓바닥에 대어 침을 발라야 글씨가 진하게 보였다. 어른들은 해방이 되었다고 좋아했지만 소년은 좋은 줄을 모르고 오히려 불편했다. 당시 한국 산업의 대부분을 일본인들이 장악하고 있었는데 그들이 일시에 철수하니까 우리나라 산업에 공동화空洞化 현상이 생긴 것을 소년은 몰랐던 것이다.

3~5학년 시절은 참으로 즐거웠다. 해방이 되어 한 해 두 해 지나는 사이 국가의 틀이 잡히고 학교의 체제도 차츰 정비되고 해방의 뜻도 조금씩 알게 되었다. 학교에 가서 선생님과 우리말로 공부하고 친구들과 어울려 생활하는 것, 소풍, 운동회, 학예회를 손꼽아 기다렸다. 운동회날은 달리기를 하

여 상을 탄 기억보다 점심시간에 어머니가 특별 메뉴로 삶은 달걀을 싸오셔서 운동장 한켠에서 형제들과 함께 먹은 기억이 아직도 생생하다. 학교가 파하고 집에 오면 가끔 아버지의 과수원 일도 거들었지만 지금처럼 숙제도 많지 않고 학원도 없는 시절이라 동네 아이들과 어울려 산과 들을 마음껏 쏘다녔다. 어른들 흉내를 낸다고 냇물고기를 잡아 천렵도 하고 여름이면 밀서리 가을이면 콩서리 무우서리도 하였다. 1950년 6학년 되던 해 집안 사정으로 서울로 전학을 갔는데 서울 녀석들이 충청도 사투리를 쓴다고 어찌나 놀려대든지 학교가기가 싫을 정도였다. 전학간 지 석 달만에 6·25사변이 발발, 서울에서 영동까지 일 주일을 걸어서 피란을 와서 다시 영동초등학교에 들어가 영동초등학교 41회 졸업생이 되었다. 지금도 일 년에 몇 번씩 모이는 동창회에 가면

이미 칠순이 된 할아버지 할머니들

손주들 앞에서의 체통 다 팽개쳐버리고

반갑다고 두 손 맞잡고 '충웅아 순자야'

이름도 부르고 소풍이며 운동회의

추억도 꽃피우며 동심으로 돌아가

왁자지껄하다가 헤어질 땐

건강하게 오래 살라고

덕담도 나눈다.

　　*일제시대에는 1학기 시작이 4월이었음

# 중학교 시절

1951년 4월 1일
영동중학교 입학
시험복을 타고난 세대인지라
초등학교 입학할 때 시험을 치렀는데
6·25 전쟁 중이었는데도 중학교 입학할 때
국가 연합고사를 또 치렀다.

당시 영동중학교는 초창기여서 제대로 된 건물도 운동장도
없었다. 일본인이 경영하던 넓은 사과밭을 학교부지로 정해
놓은 상태, 교실은 일본인이 쓰던 사과 창고였으며 운동장은
사과나무를 하나씩 캐내어 공터를 확장하는 중이었다.

1학년 때는 책·걸상이 없어 땅바닥에 가마니를 깔고 앉아
수업을 하였으며 시험 때는 학생들이 너무 촘촘이 앉아 컨
닝할 염려가 있다고 학생들을 운동장에 띄엄띄엄 앉히고 답
안을 쓰게 하였는데 선생님 한 분이 감독하기엔 너무 넓은
공간이라 선생님이 앞에 있으면 뒤 학생들이, 선생님이 뒤로
가면 앞의 학생들이 슬금슬금 노트를 뒤적거리기도 했다.
등교할 때 삽과 괭이를 가지고 가서 오전수업을 마치고 오
후엔 사과나무를 캐내고 운동장을 넓히는 노역봉사도 많이
하였다.

6 · 25 전쟁이 소강상태로 접어들고 휴전협정 이야기가 나오
자 학생들은 '북진통일' '휴전협정 결사반대'의 가두시위에
도 자주 동원되었다. 당시 영동중, 영동여중, 영동고, 영동여
고, 영동농고 등 5개 학교가 경쟁적으로 구호를 외치며 영동
읍내를 돌다가 한곳에 집결하여 합동으로 대회를 열기도 하
였는데 이때 연사로 나온 학색들 중 한 명이 감정에 복받쳐
손가락을 깨물어 '북진통일'이란 혈서를 쓰기도 하였는데
한 학교에서 쓰면 다른 학교도 질세라 경쟁적으로 학생들이
연단으로 올라가 '휴전협정 결사반대' 등의 혈서를 앞다투
어 썼다. 하얀 광목에 선혈이 낭자한 피를 본 학생들은 운동
장이 떠나가라 큰소리로 구호를 외치고 우뢰와 같은 박수로
화답하기도 했다.

전쟁 중이라 가끔 현역 정훈장교가 학교에 와서 스탈린이
어떻고 중공군이 인해전술을 쓴다는 등의 시국강연도 하고
군가도 가르쳐주었는데 '…화랑담배 연기 속에 사라진 전우
야…'는 그때 배운 노래이다.

중학교 3학년이 되자 나이 많은 학생 한두 명이 장가를 갔
다. 선생님 중엔 총각도 있었는데, 우리는 그녀석 ○○이 여
물기나 했을까 하고 킥킥거리기도 하였다.

이렇게 졸업한 영동중학교 6회 졸업생 227명

그 중 경인지방에 거주하는 20여 명이

두 달에 한 번씩 만나 작은 소주잔에 추억을

가득가득 담아 마시며 가끔
비아그라로 안주를 삼기도 하면서
학생시절의 회포도 풀고
우정도 쌓고 있다.

2007. 1

ㄱ신부는 인품이 원만하고
강론을 잘하신대…….
ㅈ신부는 추진력이 강하여 성당 내의
각종 단체들을 잘 이끌어 나가신대…….
ㅅ신부는 음악에 조예가 깊어
미사 시간에 큰 감동을 준대…….
ㅁ신부는 등산과 약주를 즐기고
전 신자의 회식 자리를 자주 마련하여
단합을 잘 시킨대…….

# 입소문

# 은총

두 갈래 길, 세 갈래 길
네 갈래 길, 다섯 갈래 길……
어디로 가야 하나? 젊음을 방황하다가
당신의 부르심 있어 밝은 길을 찾았다면
방황은 정녕 당신이 내게 베푼 은총입니다.

앞은 천 길, 뒤는 만 길
절망이 칠흑으로 나를 엄습할 때
한 줄기 섬광이 나를 인도했다면
절망은 정녕 당신이 내게 베푼 은총입니다.

장애를 원망하며 울부짖고 발버둥 칠 때
내 어깨를 감싸주던 부드러운 당신의 손길
아, 장애는 정녕 당신이 내게 베푼 은총입니다.

그러나, 참으로 오랜 세월과 뜬 눈으로
지새는 많은 번민의 밤이 뒤따랐지요

방황이 당신의 은총이었다는 것을
절망이 당신의 은총이었다는 것을
장애가 당신의 은총이었다는 것을
깨닫기까지는

# 밀떡(聖體)으로 오시는 분

당신은
매번
미사 때마다
성체로
오시어

세속에 물든
마음과 몸을
정화시켜
주시고

우리의
가난한
영혼을
살찌워
주십니다

# 입소문

신부神父님들은 대개 한 성당에서
3~4년 봉직하다가 다른 성당으로 떠난다

주보에 금년도 신부님들의 이동상황
명단이 발표되면 해당 성당에서는
신부님이 정식으로 부임하기 전에
입소문이 먼저 도착하여 신자들의
입에서 입으로 날아다닌다

ㄱ신부는 인품이 원만하고 강론을 잘하신대…….
ㅈ신부는 추진력이 강하여 성당 내의 각종
          단체들을 잘 이끌어 나가신대…….
ㅅ신부는 음악에 조예가 깊어 미사 시간에
          큰 감동을 준대…….
ㅁ신부는 등산과 약주를 즐기고
          전 신자의 회식 자리를 자주 마련하여
          단합을 잘 시킨대…….

신자들은 초등학생이 새 학년이 되어
새 담임을 맞이할 때처럼 마음이 부푼다

새 신부님이 오려면 아직 2주일이나
남았는데 입소문이 먼저 와서
신자 가정을 찾아다니며
문안을 드린다.

# 누가 먼저 죽어야 하나
### —이승과 저승 사이

대학 동창 ㅁ의 아들 결혼식에 동기 동창 7～8명이 모였다. 다들 칠순을 바라보는 터라 머리에 희끗희끗 서리가 내려 있었다. 식사가 끝나고 커피 한 잔을 나누면서 이런저런 세상 돌아가는 얘기 끝에 '남편과 아내 중에 누가 먼저 죽는 게 나을까?' 하는 데에 화제가 미쳤다. 혹자는 남편이 먼저 죽어야 한다고도 하고, 혹자는 부인이 먼저 죽어야 한다고도 했다. 아내가 먼저 죽으면 남자는 70이 가까와도 장가갈 궁리를 하니 그렇게 되면 집안이 복잡해질 터이므로 남자가 먼저 죽는 편이 낫겠다고 했다. 남편이 먼저 죽으면 여자는 성격이 날카로워지고 잔소리가 많아서 남은 가족들이 모시기가 어려워지니 아내가 먼저 죽는 편이 낫겠다고도 했다. '복잡한 세상사 접어두고 둘 중에 먼저 눈감는 사람이 행복한 사람' 이라는 ㅅ의 말에 모두들 한바탕 껄껄 웃고 헤어졌다. 귀가길 전동차 안에서 내 경우를 곰곰히 생각해 본다. 내가 먼저 죽는다면…… 아내는 음식도 하고, 세탁기도 돌리고 세금도 내고 손자도 돌보아주는 등 한 사람 몫은 톡톡히 해낼 것이다. 한편 아내가 먼저 죽고 내가 혼자가 된다면, 정년으로 직장도 물러나 돈벌이도 못하고 압력밥솥에 밥 지을 줄도 모르고, 세탁기 돌릴 줄도 모르고, 손자 봐주는 일도 서툴고…… 한 사람 몫은커녕 반 사람 몫도 제대로 못할 테니…… 그렇다면 천상 내가 먼저 죽어야겠는 걸……

# 언짢은 소식

퇴임한 교장들 모임에 가면
즐겁고 재미있는 소식도 듣지만
언짢은 소식도 자주 접한다

지난 달 모임 때까지만 해도
약주 잘하고 입담 좋던 ㅅ교장이
아파트 주위에서 자전거 타다가
넘어진 후 불과 열흘 만에
타계했다는 이야기
ㅎ교장이 위암으로 두 번째
수술을 받았는데 몇 달을
못 넘기리라고 수근대는 둥

하기야 다들
60대 중반~70이 넘었으니
세상 뜰 나이가 되기는 했지만
그러나 안타까울 수밖에

# 납골묘에 모시다

고향 선영先塋에
조상님들 묘 26기基가
여기저기 산재해 있다

4년 전인가, 이제
산지기도 떠난 지 오래고
시대도 바뀌었으니 벌초며
봉분 관리도 버겁지 않은가
납골묘를 만들어 조상님들을
한 곳에 모시자는 의견이
조심스레 제기되었다

그러나 종중宗中 일이
어디 그리 쉬운가
각자 나름대로의 인생관과
아집我執이 있는 걸

4년 여 동안 여러 차례의
종중 회의를 한 후
각 가정에서 얼마씩 갹출하고
군청의 시범사업 지원금도 보태어서
82기基를 모실 수 있는 대형

납골묘를 완성하니 조상님들은 물론
후손들이 들어갈 자리도 넉넉해졌다

오늘이 2003년 10월 3일
젊은이들 많이 참여하라고
일부러 양력 공휴일을 택한
첫 번째 시제일時祭日

충북 영동군 영동읍 회동리 뒷산
〈全州李氏世宗大王五男廣平大君全義公派納骨墓〉
(전주이씨 세종대왕 오남 광평대군 전의 공파 납골묘)
란 비석에 가을 햇살이 눈부시다.

노인, 중년, 장년, 청년, 어린이
남녀 종중 가족들 20여 명이
차례로 술 한잔씩 올리며
조상님들께 큰절을 드린다.

　　　2003. 10

# 땅따먹기

아이들이 골목에서
땅따먹기 놀이를 합니다.
많이 딴 아이는 히히덕대고
빼앗긴 아이는 우거지상입니다.
때론 욕하며 삿대질도 하고 간혹
멱살도 잡지요. 그러나 해 저물고
'얘들아, 저녁 먹어라.'
어머니의 부름이 있으면
아이들은 모든 걸 골목에 그냥 두고
맨손으로 엄마 따라 집으로 갑니다.

어른들은 일상日常에서
출세를 위해 달음질 치고
재물을 탐내어 과욕도 부리고
권력을 차지하려 권모술수도 쓰지만
어느 날 갑자기 '당신의 인생 종 쳤어요.'
저승사자가 인생의 막 내렸다는
호루라기를 불면 어른들도
목숨만큼 소중히 여겼던
모든 걸 이승에 그냥 두고
알몸으로 저승길 갑니다.

# 인생의 속도

인생의 연륜과 세월의 속도는
함수 관계라던가

10대는 시속 10km
20대는 시속 20km
30대는 시속 30km
40대는 시속 40km
50대는 시속 50km
60대는 시속 60km
70대는 시속 70km
80대는 시속 80km

하루 24시간, 1년 365일
같은 시간 같은 날짜인데도
인생의 속도란
나이가 들수록
가속도가 붙어서
점점 빨리
달려가지요.

# 안락사安樂死를 생각한다

회생 가능성이 전혀 없는
70세가 넘은 노인 환자가

코, 목, 허리에
구멍을 뚫고 호스를
주렁주렁 매달고 있다

코의 호스는 호흡을 위하여
목의 호스는 식사 공급
허리의 호스는 배설을 위하여

이렇게 해서
한두 달, 1~2년
생명을 연장한들
무슨 큰 의미가 있을까

사람이 태어나서
보람 있게 살 권리가 있다면
품위 있게 죽을 권리도 있지 않을까

사람 몸에 여기저기
구멍을 뚫어 설비 배관처럼

고무 호스를 끼워 넣어
강제로 생명을 연장시키는 것은
보는 각도에 따라서는
의료행위가 아니라
환자에 대한 일종의
고문행위는 아닐른지?

네델란드와 스위스에 이어
프랑스도 안락사를
허용하리라는 보도다

의학적으로 '소생 불가능' 판정이 나고
환자와 가족이 더 이상의 삶을
원하지 않는다면

우리도 한 번쯤 진지하게
안락사를 생각해본직
하지 않을까

2004. 9

# 인연 다하면

인연 있어
이승에 와서
한 평생
살았지

인연
다하는 날

세상 시름
무덤 속에
접어 두고

훠이훠이
저승길
가리

# 길손

어린이나
청년이나
장년이나
노년이나

우리는
모두
잠시
이 세상에
머물렀다
떠나는
길손

# 연어

나는 고향으로 돌아가는
귀소본능의 한 마리 연어

태풍이 불고 해일이 일어도
지느러미 노 힘껏 저어서
내가 태어나고 자란 내 유년의
추억들이 지천으로 널려 있는
꿈에도 그리운 모천母川으로 돌아가리

산등성이에 걸린 노을이 아름답고
달빛이 포근한 큰 냇물 갈대숲엔
반딧불들이 춤추며 나를 기다리고 있겠지

어린 시절 모천을 떠나 망망대해에서
젊은 시절 보내고 장년을 보내고
이제 노년이 되어 배 안 가득 알을 품고
그 알을 낳으러 만리길 거슬러 모천을 찾아간다.
알을 낳고 죽으러 마음의 고향
모천을 찾아간다.

나는 본향本鄕으로 돌아가는
귀소본능의 한 마리 연어

5

우리 조상님들, 단군왕검
고조선 부여 고구려 발해인의
숨결과 수많은 유적이
보존되어 있는 땅

조상들이 빼앗긴 땅을
후손들이 되찾아와야지
드넓은 만주벌판을
기필코 되찾아야지

# 아! 고구려

# 11월의 연가

바람이
불 적마다

낙엽이
우수수

낙엽은

노란
나비가
되어 날고

붉은
꽃잎이
되어 춤추네

# 세 가지 부류

세상엔
세 가지 부류의
인간이 있다던가

첫째는
인류문화 발전에
무언가 기여하는 사람

둘째는
인류문화 발전에
무익 무해한 존재

셋째는
인류문화 발전에
해악을 끼치는 사람

그렇다면
나는

# 어느 날 저녁

일기예보에도 없이
갑자기 소낙비가
내리는 저녁이었습니다

우산을 가지고 마을버스 정류장으로
나오라는 외출한 아내의 핸드폰을 받고
나는 우산을 들고 마을버스
정류장으로 갔습니다

그곳엔 나보다 먼저
나와서 가족을 기다리는
사람들이 죽 늘어서
있었습니다. 각자 손에
우산 하나씩을 들고

4~5분 간격으로
마을버스가 도착할 때마다
마중나온 사람들은 기다리던
가족과 함께 집으로 갑니다

할머니는 학원 다녀오는
손주를 데리고 가기도 하고

젊은 부인이 퇴근하는
남편을 데리고 가기도 하고

우산을 같이 쓰고
귀가하는 그 뒷모습이
퍽 정겹네요

나도 아내와 함께
우산을 쓰고
집으로 갑니다

2004. 7

# 자연의 순환

꽃이 진다고
아쉬워하지 마세요
꽃이 지면 열매를 맺고
씨를 퍼뜨리니까요

낙엽이 진다고
아쉬워하지 마세요
떨어진 잎 거름되어
다음 해에 새 순으로
돋아나니까요

나이 들어 병사病死한다고
서러워하지 마세요
노인네들이 눈을 감고
새 아기가 태어나는 것은
자연의 순환인 것을

# 여름 계양산桂陽山

초록이 싱그러운
계양산에 올랐네

경관이 수려하지도 않고
산세가 우람하지도 않은
그저 밋밋한 작은 산

그러나 조상들은 이 산을
부평 지역의 진산鎭山으로 공경하면서
가뭄이 들어 민심이 흉흉할 때면
백성들의 간절한 소망을 담아 정성껏
이곳에서 기우제를 지냈었다네.

세월 따라 그 이름도 달리 하였으니
수주樹州 때는 수주악樹州岳
안남安南도호부 시절엔 안남산安南山
계양桂陽도호부 때는 계양산桂陽山

395미터 정상에 이르니
협곡을 스쳐오는 솔바람이
가슴속 더위를 식혀주면서
계양산이란 이름의 유래를 들려준다.

옛날 이 산에는
계수나무와 회양목이 많아서
계수나무의 〈계桂〉자와 회양목의 〈양陽〉자를
합쳐 계양산桂陽山이라 명명하였다고

인천 앞바다의 낙조가 아름답고
부평 들녘의 주산主山으로 섬김을 받던 산
오래 오래 아끼고 보듬어야지.

# 건망증

언제부터인가 나이가 들면서
불청객이 나를 찾아왔다
이름하여 건망증

외출하기 위해 마을버스를 기다리다가
가만히 생각해보면 아파트 문을
잠근 것도 같고 안 잠근 것도 같아
다시 집으로 와서 확인할 때도 있고
각종 모임의 날짜를 수첩에 정확히
기재해 놓았는데도 미심쩍어
아침에 확인하고 저녁에 또
확인하기도 한다

매일 한 알씩 먹는 혈압약도
먹었는지 안 먹었는지 아사미사해서
수첩의 날짜 밑에 먹었다는 징표의
화인 도장을 찍어야 하고

지하철 안에서 핸드폰과 아파트 열쇠를
분명히 챙겨 주머니 속에 넣었는데도
혹시나 해서 주머니 속을 몇 번씩이나
더듬어 보기도 한다

# 일본 · 일본인

일본인 한 사람 한 사람은
친절하고 예의 바르고 신용 있고
공중도덕을 잘 지키는 사람들이다

헌데 일본이라는 국가는
고구려 백제 신라가 저들에게
불교 한자 주자학 건축 점술
의술 도자기 바둑 스모 된장
간장 만드는 것 등 온갖 문물을
전수하여 주고 심지어 고구려
고승高僧 도현道顯 스님이
일본日本이라는 국호까지
지어 주었건만

돌아온 것은
왜구의 노략질
임진왜란 한일합방 등

은혜를 악으로 갚는
배은망덕한 국가이다

# 처세와 외교

어린 시절 시골
동네서 자랄 때

얄미운 녀석이 있어도
그의 형이나 친척이 두려워
못 때려준 적이 있고

나를 안경잽이라 놀려대던
동네 형아들도 방학이 되어
대학에 다니던 우리 큰형이
고향에 와 있는 동안은 나를
건드리지 못했다

일본은 임진왜란에 한일합방
독도를 자기네 땅이라 우기고

중국은 고구려 발해 백두산
심지어 이어도까지 자기네
것이라 어거지를 쓴다

이들 두 나라보다 더 힘세고
우리나라 땅 넘보지 않으며
대한민국을 진정으로 도와줄
친구 나라는 어디 없을까

# 나무의 침묵

여름철, 기온이 30℃가
넘어서면 사람들은
더워서 죽겠다느니
더워서 못살겠다느니
호들갑을 떨면서
선풍기며 에어컨에
몸을 식힌다.
그러나 나무는 침묵으로
폭염을 견뎌낸다

겨울철, 기온이 −10℃
이하로 내려가면
사람들은 이번엔 또
추워서 죽겠다느니
추워서 못살겠다면서
불기를 찾아 몸을 덥힌다.
그러나 나무는 침묵으로
혹한을 견뎌낸다

# 아! 고구려

아흔아홉 마지기 가진 부자가
한 마지기를 더 채워
백 마지기를 가지려 한다던가

넓은 땅 가진 중국 뙤놈들
땅 욕심 대단하네

2004년 들어 중국이 갑자기
고구려 발해를 자기네 역사라고
우기고 나섰것다
이름하여 동북공정

우리는 알고 있지, 남·북한이 통일이 되면 1909년에 일본과
중국이 맺은 간도협약이 국제법상 무효화 되고 그러면 만주
땅을 우리에게 반환해야 되니까 그때 땅을 뺏기지 않으려는
꼼수로 고구려 발해를 자기네 역사라고 우긴다는 것을

이스라엘을 보게나
영토를 빼앗겨 2000여 년 동안
세계 이 나라 저 나라에 빌붙어 살다가
절치부심切齒腐心 1945년 드디어
조상들의 땅을 되찾지 않았던가

이에 비하면 우리는 빼앗긴지
1300년밖에 안되니
짧은 기간이지

국제법으로 해결이 안되면
미국이 알라스카를 산 것처럼
돈을 주고 사던가 아니면
강력한 무기를 개발하여
겁을 주어 뺏던가

우리 조상님들, 단군왕검
고조선 부여 고구려 발해인의
숨결과 수많은 유적이
보존되어 있는 땅

조상들이 빼앗긴 땅을
후손들이 되찾아와야지
드넓은 만주벌판을
기필코 되찾아야지

2004

# 삼족오三足烏의 부활

삼족오, 고구려 고분 벽화에
등장하는 세 발 달린 까마귀
형태의 검은 상상의 새

고구려인은 해 속에 산다는
이 전설의 새를 국운 융성의
길조吉鳥로 추앙했다

고구려가 멸망하자 중국이
삼족오 폄하정책을 쓰니
고려와 조선은 그에 동조하여
까치는 길조吉鳥이고
까마귀는 흉조凶鳥라 여겼다

그런데 일본은 고구려 유민에 의해
전통이 계승되어 아직도 까마귀를
길조로 여기며 일본 축구 국가
대표팀의 휘장으로 사용하고 있으니
역사의 아이러니가 아닌가

2006~2007년
중국의 동북공정에 맞서

고구려와 발해를 소재로 한
TV 역사극을 통해 고구려 멸망 후
1300년의 시공을 뛰어 넘어 고구려
고분 벽화 속에서 긴 잠을 깬 삼족오가
우리 가슴 속에 화려하게 부활하고 있다
이미지로 휘장으로 문양으로

그대 삼족오여
고구려의 진취적 웅혼을 위해
큰 나래짓하던 그 기상으로
부여족의 후손인 대한민국의
국운 번영을 위해 다시 한번
힘차게 비상해다오

머리에 깃털 달린
세 발의 검은 새
삼족오여

2007. 1

# 하늘 나라에 부치는 그림 엽서

형수님 계신
하늘 나라의 들녘에도
초가을 코스모스가 곱겠지요

2005년 9월 7일
오늘이 형수님 가신 1주기네요

6 · 25 사변 여파로
우리집 가세가 기울었을 때
형수님은 맏며느리로 시집오셔서
이씨 가문을 다시 일으키는데
일등 공신이었습니다. 한편 형수님은
이비인후과 전문의로서 한 평생
온후한 인술을 베푸셨습니다

금년은 형수님의
칠순이 되는 해

형수님이 시집 장가 보낸
시동생 시누이들 다 일가—家를
이루었고 그 후손들 한자리에 모이니
교수 법조인 화가 금융인 회사원

연구원 기자 등 다양하네요

우리 모두 마음의 색동옷 입고
형수님의 칠순을 축하해
드리고 있습니다

이승과 저승의 길이
먼 것 같지만 실은 가까워
머지않아 형수님을
다시 뵈올 날이
있을 것입니다

형수님, 내내
평안하세요

2005. 9. 7
형수님 작고 1주기에 큰 시동생

# 홍매화

옷소매 파고드는
새벽 바람 아직 찬데

홍매화 살가운 미소
계절을 앞서 오니

단아한 자태에
절로 이는 맑은 향기

가슴은 어느새
화사한 봄풍경

# 자기 안의 응시, 그리고 정체성 찾기
—이충웅 네 번째 시집《호박잎 반찬》의 시세계

한상렬 | 문학평론가 |

## 1. 발화점 찾기

시의 시대는 지나갔는가? 화려했던 시의 시대.

시가 만발했던 광장의 시간적 전면에는 문화적 관용의 시대가 걸려 있었다. 저널리즘의 과장도 한 몫을 했겠지만, 현실과 문학의 동시적 갱신이 '시의 시대'를 형성해 왔다. 그러나 오늘 우리 문단을 목도하면, 문학의 죽음은 가시적 현상으로 그 절정을 향해 치닫고 있지 않나 싶다.

자, 그렇다면 이런 변화의 시대에 이충웅의 시집《호박잎 반찬》은 우리에게 어떤 시적 이미지를 제공하고 있는지, 그가 보여주는 시적 세계로 떠나보기로 한다.

바슐라르는 과학적 인식이 성립하기 위해서는 개념적 언표들이 우리의 경험을 구성하는 감성적 언표들과 불연속적으로 성립해야 함을 강조했다. 따라서 앞서의 비교존재론을 다시 상기하면, 감성적 언표로부터 단절되는 특정한 개념적 언표들을 우리는 한 작가의 작품 속에서 코드로 탐색해 낼

수 있다.

이제, 이 글에서 논의되는 시인 이충웅의 시집에 나타나고 있는 언표를 탐색해야 할 게제다. 이를 위해서는 먼저 그의 시의 탄생을 울리는 삶의 뿌리로부터 출발해야 할 것이다. 이 논의의 발화점은 바로 여기에 있다.

## 2. 유장한 감성과 사유의 공간 넓히기

폴 · 발레리는 "서정시는 외침소리를 발전시킨 것이다."라고 말했지만, 이충웅의 시는 다분히 서정성을 띄면서도 감정 노출을 자제하고 있다. 이른바 유장한 감성을 지니면서도 그 안에 적절한 메타포를 구사한다.

### 2-1 생각의 계기

시인 이충웅의 시집 《호박잎 반찬》은 그의 네 번째 시집이다. 그는 1992년 첫 시집 《빈 가슴에 노을이 타면》 이후, 《낙엽은 물감 되어 수채화를 그리고》, 《플랫홈의 가야금 산조》를 발표한 바 있다. 그가 이제 고희를 맞이하며 네 번째의 시집을 상재하기에 이르렀으니, 발레리의 언명과 같이 그의 유장한 감성은 이제 절정에 이르고 있지 않나 싶다. 한 마디로 그의 시편들은 시인의 유장한 감성과 사유의 공간을 보여주고 있다. 이는 말을 바꾸어 시인의 자기 응시요, 정체성 찾기일 것이다. 이를 단적으로 보여주는 단서는 이 시집의 책머리에 담긴 작가의 목소리에서이다.

① 친구들은 삼 년을 더 살아야 한국 남자 평균 나이에 이른다지만 70이란 짧지 않은 세월이었습니다. 일제 시대에 태어나 일본 문화에 접했고, 8·15 해방, 6·25사변, 4·19 의거, 5·16혁명, 12·12사건, 민주화 항쟁 등 한국의 현대사를 온 몸으로 체험하면서 때로는 좌절하고 때로는 기뻐하고 때로는 감격하였습니다.

② 이 책은 필자의 3시집 이후 9년 만에 펴내는 제4시집입니다. 이 9년 사이에 내겐 큰 변화가 생겼는데 2000년 8월 34년 간 봉직해온 교직에서 정년을 하고 자연인으로 돌아왔으며 외손녀를 보았으니 할아버지도 되었지요.

③ 돌이켜보면, 젊은 날 마음의 갈등을 극복하고 교직에 봉사하며 한편으로 졸작을 쓰면서 황혼에 다다라 '고희 기념 시집'을 출간할 수 있음은 우주를 섭리하시는 분의 큰 축복이라 생각합니다.

─〈책 머리에〉에서


시인의 네 번째 시집은 그의 '고희기념' 시집이다.

시인이 책머리에 담은 '작가의 변'에서 언명한 ①과 ②는 고희를 맞이하는 시인의 과거 돌아보기요, ③은 시인의 오늘이 있기까지 주재하여준 섭리에 대한 감사이니, 이로써 그의 시편들의 담론의 특성과 그의 시어가 갖는 언표의 기표와 기의를 유추할 수 있겠다. 시집의 제목이 주는 소박하고 진솔한 정서적 반응과 미적 감수성은 일단 독자를 편안한 자리에 안주하게 한다. 이는 포스트모던이나 아방가르드가 갖는 난해함이나 실험적 기교와의 차단이며, 보통사람의 체취를 감지하게 함으로써 독자의 접근을 용이하게 한다.

즉 삶의 현장에서 바라보는 존재의 규명과 자아응시를 통한 자기 성찰과 삶의 다양한 포즈, 유년의 그림자에서 발견되는 선지향적 삶의 태도 등 그의 시편을 음미하다 보면 대상을 바라보는 시인의 다양한 포즈를 탐색하게 한다. 이는 우리의 삶이 일상적 삶을 벗어날 수 없는 동심원임을 감지하게 하며, 그 안에서 일구어야 하는 선지향적 삶의 소망이 독자의 가슴을 촉촉이 적셔준다.

전 5부로 편성된 이 시집은 제1부 '흐르는 것은'에서 고희를 맞는 시인의 회감의 정서가 소박한 삶의 돌아보기를 통해 형상화되어 있으며, 제2부 '아름다운 사람'에서는 삶의 현장에서 저마다 자신과 이웃과 사회를 위해 희생과 봉사, 멸사봉공하는 정체성 확인의 진솔한 담론을 시화하고 있으며, 제3부 '노란 마음 분홍 마음'에서는 손자를 둔 할아버지의 생활 주변의 작은 아름다움을, 제4부 '입소문'에서는 신앙과 존재의 문제에 천착한 자아 응시의 시편을, 제5부 '아! 고구려'에선 역사와 자연을 주로 시화하고 있다.

이들 시편들이 통괄하는 세계는 한 마디로 시인의 유장한 감성과 사유의 공간 넓히기로 대별해 볼 수 있겠다. 이런 단정적이고 선언적인 시인 이충웅의 세계를 추적해 봄으로써 "인간의 영혼은 새로움을 향해 기운다."라고 언명한 시인 오비디우스Ovidius Publius의 실존적 존재의 탐구 여행을 떠나보고자 한다.


2-2 자아응시의 유장한 감성


시인은 이제 고희를 맞는다. 그만 나이면 삶과 죽음을 생각하고 지난 세월을 회익하면서 기야 힐 날이 멀지 않음을 각성하게 될 법하다. 게놈프로젝트에 의해 인간 수명의 연장이 현실화되었다손 해도 언젠가는 본 모습으로 되돌아가야 한다. 그래 하이데거Heidegger는 《존재와 시간》에서 '현존재'란 언제나 죽음을 향한 존재라고, 하였다. 또, 사르트르Sartre는 죽음이란 우리가 살아있는 동안에는 어떠한 관계도 가질 수 없는 절대적인 종말이며, 타인들에 의해 확인될 뿐, 그것이 다가왔을 때 우리는 이미 어떠한 것도 체험할 수 없으므로, 그것은 나에게 '의미 없는 것'이며, 결코 나에 의해서 소유될 수 없는 것임을 강조하였다.

인연 다하면 // 인연 있어 / 이승에 와서 / 한 평생 / 살았지 // 인연/다하는 날 // 세상 시름 / 무덤 속에 / 접어두고 // 휘이휘이 / 저승길 / 가리

-〈인연 다하면〉 전문

어린이나 / 청년이나 / 장년이나 / 노년이나 // 우리는 / 모두 / 잠시 / 이 세상에 / 머물렀다 / 떠나는 / 길손

-〈길손〉 전문

하이데거가 "시간성은 본래적 관심의 의미로 드러나는 것"이라고 했듯, 우리는 모두 언젠가 죽음을 맞아야 한다는 것을 부인하지 못한다. 그러나 죽음에 대한 태도는 각각 다르다. 시인은 죽음을 두려워하지 않는다. 삶이란 세상과의 인연이요, 그 인연이 다하면 올 때의 모습 그대로 떠나야 한다. 그것은 사르트르의 '존재와 무'이다. 결국 삶이란 별개

119

아니요, "죽음을 향해 미리 달려감"인지도 모른다. 여기 시인의 자아 응시의 유장한 감성이 자리하고 있다.

하지만 죽음은 죽음의 그림자이다. 그럼에도 그 죽음의 불안을 초월할 수 있는 용기를 지닐 수만 있다면, 강건하고 단아한 모습으로 죽음을 맞이할 일이다. 그리하여 자신의 죽음을 향해 미리 달려가면서 자유스러워질 때에만이 우연히 들이닥치는 여러 가능성 속에서 자기를 상실하는 것으로부터 벗어나게 되지 않을까.


아이들이 골목에서 / 땅따먹기 놀이를 합니다. / 많이 딴 아이는 히히덕대고 / 빼앗긴 아이는 우거지상입니다. / 때론 욕하며 삿대질도 하고 간혹 / 멱살도 잡지요. 그러나 해 저물고 / '애들아, 저녁 먹어라.' / 어머니의 부름이 있으면 / 아이들은 모든 걸 골목에 그냥 두고 / 맨 손으로 엄마 따라 집으로 갑니다. //

어른들은 일상日常에서/출세를 위해 달음질 치고 / 재물을 탐내어 과욕도 부리고 / 권력을 차지하려 권모술수도 쓰지만 // 어느 날 갑자기 '당신의 인생 종 쳤어요,' / 저승사자가 인생의 막 내렸다는 / 호루라기를 불면 어른들도 / 목숨만큼 소중히 여겼던 / 모든 걸 이승에 그냥 두고 / 알몸으로 저승길 갑니다.

–〈땅따먹기〉 전문


우리의 삶은 땅따먹기와 흡사하다.

시적 언표의 기의는 상징과 비유에 있다. 아이들의 놀이와 어른의 일상은 다른 것 같으면서도 본질적으로 통한다. 아이들의 삶에도, 어른의 삶에도 투쟁과 욕망이 기로놓여 있다. 그러나 종말에는 아이는 엄마 따라 집으로 가고, 어른은 알몸으로 저승길로 간다. 이런 시인의 유장한 감성은 곧 자아 응시의 시적 태도요, 작가 정신일 것이다. 가진 것 없어도 훌쩍 떠날 수 있는 마음의 자세는 죽음을 향한 달관이다. 마치 〈연어〉의 귀향과 다름이 없다.

시편 〈누가 먼저 죽어야 하나〉, 〈언짢은 소식〉, 〈인생의 속도〉, 〈안락사를 생각한다〉, 〈납골묘에 모시다〉 역시 같은 맥락에서 창작된 시편들이다. 이런 정신적 자세는 죽음을 단서로 한 종교적 귀의에서 연유할 것이다.


두 갈래 길, 세 갈래 길… / 어디로 가야 하나? 젊음을 방황하다가 / 당신의 부르심 있어 밝은 길을 찾았다면 / 방황은 정녕 당신이 내게 베푼 은총입니다. // 앞은 천 길, 뒤는 만 길 / 절망이 칠흑으로 나를 엄습할 때 / 한 줄기 섬광이 나를 인도했다면 / 절망은 정녕 당신이 내게 베푼 은총입니다. // 방황이 당신의 은총이었다는 것을 / 절망이 당신의 은총이었다는 것을 / 깨닫기까지는 뜬눈으로 지새는 / 많은 번민의 밤이 뒤따랐지요.

－〈은총〉 전문


이렇게 시인의 죽음에 대한 단상은 그 귀착점이 시인이 믿는 신에게 의탁한 은총으로 귀환함으로써 정신적 안정과 평화를 희구하고 있다. 이런 초자연적 경험은 시인의 의식 전체를 채워 주는 정신의 원천이요, 신적 조명일 것이다.

## 2-3 시적 진정성과 삶에 뿌리 내린 애정

문학이 현실을 어찌 반영하는가? 문학이 현실을 반영한다면 과연 어떤 모습일까? 우리는 작가와 문학작품 그리고 독자와의 삼각관계 속에서 이런 질문에 대한 해답을 찾아야 할 것이다. 즉 에이브럼즈M. H. Abrams의 도식과 같이 문학작품은 우주나 자연, 예술가와 청중이라는 관계 속에서 어디에 관심이 집중되느냐에 따라 달라진다.

시인 이충웅의 시편은 다분히 이런 현실에 시선을 정박하고 있다. 그러나 그의 사유적 공간의 원천은 분명히 우리가 딛고 있는 땅이다.

어찌 흐르는 것이 / 강물뿐이랴 // 저무는 가을 강에 / 발을 담그면 // 발가락 사이로 / 스멀스멀 / 연륜이 흘러간다 // 눈 깜짝하는 사이에 / 초록의 계절은 단풍의 계절이 되고 / 소년인가 싶더니 노년이 되고 // 흐르는 것이 어찌 / 강물뿐이겠는가 // 기쁨도 흐르고 / 슬픔도 흐르고 // 출렁이는 물살에 / 야윈 달빛도 / 흐르지

–〈흐르는 것은〉 전문

흐르는 것이 어찌 강물뿐이랴.

현재는 현재가 아니요, 과거의 연속선에 있는가. 인간의 삶에 있어서, 과거란 단순히 '지나가 버린 것', '이미 전재하지 않는 것'이 아니다. 초록의 계절이 단풍의 계절이 되고, 소년이 노년이 되어도 과거는 흘러가 사라지는 것이 아니다. 현재 안에 언제나 함께 하고 있는 것이며, 현재가 근

거하고 있는 심연이자 바탕이다. 그래 현전現前하는 과거 속에서 우리는 삶을 이어간다.

'흐르는 것은'의 성찰은 시인으로 하여금 삶의 진정성을 찾게끔 하는 자아 응시의 모습일 것이다. 이런 진정성 찾기는 삶에 대한 애정이 없이는 불가능하다.

여름철이면 어머님은 곧잘 / 토담 담장을 타고 무성하게 / 뻗어가는 호박잎을 뚝뚝 따서 / 꽁보리밥이 뜸이 들 즈음 / 밥솥에 넣어 쪄 가지고는 / 된장을 싸서 먹게 하였지요.

—〈호박잎 반찬〉에서

비록 곤고한 어제의 삶이건만 그만 때면 그래도 마음 안에 평화와 사랑이 있었으리라. 풍요를 구가하는 시대에 가난했던 어제를 회억하는 것은 '상기의 힘'이 단순히 진리 인식을 위한 구상력이 아니라, 지나간 것에 대한 기억을 넘어 신과 만나는 길일 것이다.

시인 이충웅의 시편 중에 과거 회상은 시간 속에서 존재를 확인하려는 시적 태도일 것이다. 그렇기에 "국민소득이 일만 달러가 된 지금 / 호박잎 반찬을 별찬으로 먹으니 / 우리 육 남매 기르시느라 / 고생만 하신 어머님 생각에 / 갑자기 목이 메입니다."라는 시적 언술이 가슴에 와 닿는다.

시인의 시선에는 삶에 대한 일상적인 회감의 정서가 주를 이루지만 그의 시편에는 자신을 비우며 살고자하는 진정성과 함께 삶에 뿌린 내린 애정으로 충만해 있다.

누구였을까 / 아이들 뛰노는 쌈지놀이터 / 모래밭에 유
리조각을 반 됫박쯤 / 버리고 도망친 사람은 // 한 보름쯤
전이었을까 / 아침 체조를 하러 나오니 / 아파트 한켠 쌈
지공원 모래밭에 / 유리조각이 소복이 뿌려져 있어 / 관리
사무실에 신고하고 다음날 가보니 / 처삼촌 벌초하듯 빗자
루로 / 대충 쓸어놓았다 / 유리조각을 비로 쓸어서 될 일
인가 / 이건 아니다 싶어 / 유리조각을 줍기로 했다 / 말끔
히 주웠는가 싶은데도 / 이튿날 나와 보면 유리 조각 몇
알이 / 아침 햇살에 보석처럼 빛나고 / 비 온 다음날은 /
더 많이 눈에 띄고… //

　벌써 보름째 오늘도 / 아침 체조를 하고 나서 / 유리 조
작 몇 개를 또 줍는다

-〈유리조각 줍기〉 전문

　시인의 진정성이 우러나오는 시편이다. 평생 교단에서 학
생을 지도하고 퇴임한 교장선생님의 자상한 마음씀이 행간
에 담겨 있다. 자잘한 일상에 마음을 쓰고 있다고 하겠는
가? 아니다. 이만큼이라도 우리 사회가 제대로 굴러가는 것
은 이런 마음이 모여 동력을 얻기 때문일 것이다. 어린 손자
에게 정성을 쏟는 할아버지의 진정어린 마음을 읽게 한다.
　시인이 한 사회 전체를 움직이고 바른 길로 인도하는 것
은 쉬운 일이 아니다. 그러나 이런 진정성이 모여 인간을 인
간다운 길로 인도할 것이 아닐까 싶다. 삶에 뿌리내린 애정
이 없고서야 이룰 수 없는 일이다.

## 2-4 실존적 자각을 통한 사유의 공간 넓히기

마르셀Marcel에 의하면, 욕망이나 소망은 언제나 대상적이고 소유적이다. 그리고 희망이란 '존재에의 힘'이다. 살되 무엇 때문에 살며, 어떻게 살아야 하는지의 의문은 바로 실존과 연결된다. 시인은 이런 실존적 자각을 그의 시편에서 형상화하고 있다. 그렇기에 시인의 사유의 공간은 삶, 그 자체를 모태로 하여 공간을 넓혀가고 있다.

세상엔 / 세 가지 부류의 / 인간이 있다던가 // 첫째는 / 인류문화 발전에 / 무언가 기여하는 사람 // 둘째는 / 인류 문화 발전에 / 무익 무해한 존재 // 셋째는 / 인류 문화 발전에 / 해악을 끼치는 사람 // 그렇다면 / 나는

—〈세 가지 부류〉 전문

자기 응시와 실존의 자각은 거대담론을 통해서만 이루어지는 게 아니다. 일상적인 물음 속에서도 시인은 존재 해명을 위한 사유를 평범한 시어를 통해서, 추적해 내고 있다.
　시인은 언어의 마술사여야 한다. 언어가 지닌 미감을 형상화해내는 시인의 사람은 그래서 가진 것 없어도 행복할 수 있다. 그의 시어가 조금은 투박하고 일상적이면 어떠하랴. 언어의 미감은 시어의 탄력만으로 이루어지는 것은 아닐 것이다.

꽃이 진다고 / 아쉬워하지 마세요 / 꽃이 지면 열매를 맺고 / 씨를 퍼뜨리니까요 // 낙엽이 진다고 / 아쉬워하지

마세요 / 떨어진 잎 밑거름되어 / 다음 해는 새 순으로 /
돌아나니까요 // 나이 들어 병사病死한다고 / 서러워하지 마
세요 / 노인네들이 눈을 감고 / 새 아기가 태어나는 것은 /
자연의 순환인 것을

-〈자연의 순환〉 전문

시인의 생각의 계기는 자연현상과 시간적 추이를 따라가
며 우주 안에 내재한 삶을 성찰한다. 시적이미지는 말할 것
없이 서정성이 농후한 유장한 감성을 표출하고 있다. 자칫
감정 노출의 극대화로 회의와 부정적 이미지의 생산을 초래
할 염려가 없지 않으나, 시인은 그런 감정을 절제하면서도
사뭇 깊이 있고 그윽한 시적분위기를 연출해 내고 있다.

3월 중순 / 아직 쌀쌀한 새벽 // 습관처럼 아파트 / 주위
를 산책하는데 // 개나리 목련 벚꽃 등은 아직 / 춥다고 꽃
눈도 안 틔웠는데 / 부지런한 산수유 노오란 / 미소를 머
금었다 // "그대가 제일 부지런하구먼" / "벌써 봄인 걸요."
/ 산수유와 살가운 눈인사를 나누고 / 발걸음을 옮기자 내
일 또 만나자고 / 산수유 내게 살짝 윙크를 한다 // 아파트
문을 열고 집으로 들어서자 / 9개월 된 외손녀 수아가 / 외
할아버지에게 덥석 안기며 / 이쁜 짓을 한다면 한쪽 눈을
/ 질끈 감고 내게 윙크를 한다

-〈산수유와 외손녀〉 전문

계절에 앞서 피어나는 개나리, 목련, 벚꽃 아니 산수유도
있다. 그들은 부지런하다.

그들만이 아니다. 시인 역시 부시런하다. 신수유와 살가운 눈인사를 나눈다.

어디 자연뿐이랴. 외손녀가 시인에게 안기고, 외손녀는 그에게 윙크를 한다. 삶의 한 편린이 즐거움을 준다. 언어의 미감 이전에 한 생활인의 따스한 마음과 진정어린 애정이 엿보인다. 이렇게 예술의 향수자에게 즐거움을 안겨주어야 한다. 그 즐거움의 수준이 제각각이어서 전율적 감동이나 고양감으로부터 그저 무료함을 달래주는 정도의 소일거리 수준에 이르기까지 천차만별하지만, 어떻든 그 즐거움은 자체가 선이며 그것을 빼고 인간 행복은 기대할 수가 없게 된다. 시인의 사유의 공간은 넓기만 하다.


## 3. 나가면서

필자는 지금까지 시인 이충웅의 네 번째 시집《호박잎 반찬》의 시세계를 유장한 감성과 사유의 공간 넓히기로 보아, 생각의 계기로 언표장을 중심으로 탐색하였고, 자아 응시의 유정한 감성, 시적 진정성과 삶에 뿌리내린 애정, 실존적 자각을 통한 사유의 공간 넓히기로 나누어 고구考究하였다.

고희를 맞이한 시인의 시가 독자의 가슴을 훈훈하고 촉촉하게 적셔줄 것으로 믿으며, 앞으로 더 큰 세계를 이룬 계기가 되었으면 하는 기대를 갖는다.

호라티우스의 언명을 떠올리면서 이 글을 나가고자 한다.

"시인은 가르치거나 즐거움을 준다. 그리고 최상의 경우 유익함과 감미로움을 어우른다."